단추들의 체온

시작시인선 0410 단추들의 체온

1판 1쇄 펴낸날 2022년 1월 28일
지은이 김화연
펴낸이 이재무
기획위원 김춘식, 유성호, 이형권, 임지연, 홍용희
책임편집 박은정
편집디자인 민성돈, 장덕진
펴낸곳 (주)천년의시작
등록번호 제301-2012-033호
등록일자 2006년 1월 10일
주소 (03132) 서울시 종로구 삼일대로32길 36 운현신화타워 502호
전화 02-723-8668
팩스 02-723-8630
홈페이지 www.poempoem.com
이메일 poemsijak@hanmail.net

ⓒ김화연, 2022, printed in Seoul, Korea

ISBN 978-89-6021-613-6 04810
     978-89-6021-069-1 04810(세트)

값 10,000원

단추들의 체온

김화연

천년의시작

불곡사 기슭,
하루가 멀다 하고
구급차 소리가 새벽을 깨운다
고인 물에 찢기듯 멈추는 타이어 자국에
젖은 생이 간절하다
아픈 상처가 빗물에 고이면서 운다
구급차 소리와
타이어 바퀴의 조급함 속에서도
생의 봄날을 생각해 본다
출렁거리는 탄천의 물줄기에
많던 물고기는 어디에 숨었을까
어제 물던 모기는 어느 풀잎에서 비를 피하고 있는지
소나기에도 향기 잃지 않는
하얀 치자꽃처럼
자유롭지 못한 현실 속 환상을 가지고
시선 머무는 시간에 잠긴다

차 례

시인의 말

제1부 찬물에 손 담기

꿈틀

애벌레가 꿈틀할 때
잠의 매듭이 풀렸다
다시 묶인다

한 자세로 견딘 꿈이
다른 자세로 방향을 바꿀 때
날개가 돋아날 자리인 듯
등 뒤가 간지럽다

오동나무는 관棺인 듯
또는 관管인 듯 고요하기만 한데
가잠의 영혼이 마침
생각난 것이 있다는 듯 돌아눕는
꿈틀

꿈의 틀이다
내가 잠시 휘청할 때
바람이 나뭇잎의 앞뒤를 골고루 맛볼 때
멍하니 잠겼던 생각이
화들짝 제자리로 돌아올 때

정신 줄 놓은 엄마의 사경을 열 때
그때가 꿈틀,
지구가 돌아눕는 때이다

꿈이 꿈의 공간을 넓히는 일
사실, 온몸을 비틀어
꿈틀, 할 때이다

솜氏

솜氏의 유래를 따진다면
손끝, 입 끝의 재간쯤 되겠다

기울어진 그늘을 바로 세운다거나 정갈한 햇빛을 모으
고 물방울 소리를 내는 빗방울을 뚝딱 고쳐 내는 사람의 성
씨일 것이다 또 우리 엄마 열 손가락 쓴맛 단맛 짠맛 구수
한 맛이 골고루 배어 나오던 그런 손맛의 이름일 수도 있다

그렇지만 솜씨 중에 솜씨는
사람을 잇는 솜씨가 으뜸이다

저 먼 곳에 사는 사람을 가까운 곳으로 오게 하는 일처럼
아득한 세월을 끌고 와 푸른 시력과 시큼한 입맛을 그대로
옮겨 오는 솜씨, 햇살과 찬 이슬과 바람을 조리해 편백나무
의 과녁을 맞히는 솜씨

오랫동안 숨겨 놓은 이불 속 씨앗을 겨울 흙무덤에서 꺼
내기도 한다

계절을 잃은 씨앗 하나 꺼내어

맛깔나게 푸른 싹이 돋게 만드는 손끝
지나간 날과 앞으로 다가올 날을
아무렇지 않게 이어 놓은 사람

그런 사람이 진짜 솜氏다

손등

물기슭에 앉아
스치는 물에
손바닥을 내밀면
자박자박 밥물 잦아드는 소리 들려온다

손바닥과 손등
떼 놓을 수 없는 한 손
손바닥을 내 기슭으로 여기고
손등에서 끓는 물소리를 듣는다
살가죽에 붙은 미역 줄기의 울음과
눅눅한 김이 번져 있는 손등

이끼 묻은
손등에 부은 잰 밥물이
몇 번 넘치고 남은 뒤끝을 졸이듯
물기슭은 끓는다
흰쌀과 물과 손등으로
차려진
윤기 흐르는 하얀 밥

\>
움켜쥔 적 없는 손바닥을
감싸고 있는 손등
내 몸에서 제일 가난하다
천덕꾸러기처럼 로션 하나 바르지 않고
물속에서 허우적대던 손등
그래도 밥물 가늠할 때
가장 믿는 구석이다

잘된 밥 냄새가
가끔은 손등에서 난다

여름 보따리

햇살 따뜻해지면
집 안의 그늘진 것들이 집 밖으로 나온다
하반신에 아랫목 든
혼자 살고 있는 여자
자식들 모두 집 나간 집에는
주변마다 푸른 넝쿨들 가득하다,
지긋한 여름을 떠나려는 푸른 보따리들
얽히고설킨 매듭 야무지다

해마다 여름은 저 혼자
푸른 보따리 싸매고 다시 풀곤 했다
말뚝 같은 씨앗 떨어지면
오도 가도 못 하고 다시 그 자리에 주저앉던 들판
저 푸른 보따리 풀어 보면
옛날 옛적으로 시작되는 환한 미소와
쓰지 않아도 배부른 손때 묻은 동전들과
여문 씨앗에 내렸던 지긋한 장마
회색 그늘 빛이 있는 축축한 식구들의
머물다 간 옷들이 뛰어가거나 걸어 나갔다

\>

이제 그 속은 텅 비어 있다
문틈으로 들어온 햇살 만지작거리는 여자
계절에 묻어온 저녁 바람으로
벽지에 국화 몇 송이 피워 놓으며
다시 싸맬까, 따라갈까
그늘을 만지작거리고 있는 중이다

탁

한 사내가 술잔을 탁!
놓는다
주위는 변방처럼 조용하다
탁자는 어떤 결심에 이르지 못한 고민이
젓가락과 두 짝으로 부르르 떤다
끓고 있는 찌개는 졸아들고
숟가락은 깨끗하다
술잔을 든 손이 잘게 떨릴 때마다
입술이 마중 나가지만
위태로운 술잔은 손을 뿌리칠 듯하다
두 평 남짓 술집 구석
비워진 술잔이 더 무겁다는 듯이
탁자 위에 단번에 내려놓는다

탁! 내려놓은 소리는
가장 무거운 소리를 낸다
빈 술잔이 가장 무겁다
술은 맑고 술잔은 연신 바닥을 드러낸다
바닥을 들이켜는 사내
취한 듯 머리카락이 얼굴을 덮는다

\>

무거운 것을

다 내려놓았다는 듯이

한층 가벼워졌다는 듯이

사내의 몸이

한없이 흔들리면 문을 열고 나간다

끓고 있는 찌개는

꽃 피듯 보글거리고

남겨진 것들은 한없이 가볍다

수첩의 채집

구름의 속도로 퍼붓는 소나기와
낮은 하늘이 기록된 수첩의 페이지에선
풀꽃들의 수런거리는 소리가 난다
정해진 시간과
몇 가지의 점심 메뉴가 적힌 페이지에선
맛있는 테이블의 소리가 난다
기억을 더듬거리는 글자를 앞세우고
빠른 글씨들이 걸어 나온다
수첩 속에는
커피에 설탕을 넣은 달달한 요일이 있고
하얗게 비어 있는 페이지도 있다
수첩은, 다가올 나이들과
동량의 촛불을 준비하고
머릿속을 헤매던 온갖 기념일들이
일목요연하게 정리된다
수첩의 채집에는
건망증의 왕이 있고
빨간 동그라미와 비스듬히 누운 글자가
무료한 요일을 빠져나와
빠르게 걷기도 하고 체념하기도 한다

너무 쉽게 바람에 열리는 페이지는
접힌 비밀 따윈 없다
수첩은 위험한 명부
그러므로 타인의 이름을
함부로 적어서는 안 된다

섞는다

마음을 섞고 그것을
배려라고 말한다
섞이지 않으면 이 맛 저 맛도 안 나는
식탁 위의 음식들
그날의 기분에 따라 손끝으로 넣는
조미료는 혀의 미각을 속인다
한 알의 열매 속에도
꽃 진 자리부터 늦가을까지
온갖 날씨와 별자리들과
벌레 울음이 섞여 있다
빗줄기에 키가 크고 햇볕에 살이 오르고
달력의 숫자 속에서
풀벌레들은 섞인다

본래의 맛을 지키는 것
섞이고 섞여 입맛이 되는 것이다

말을 섞고 의견을 섞고
우리는 우리를 섞는다
가난과 부자, 긍정과 부정, 질서와 무질서

섞이지 않았지만 섞여 있는 사람들
날아다니는 꽃가루에 공중은
십 리의 바람을 섞어 준다
스크롤 블루처럼
돌의 모난 돌을 섞어 쌓은 돌담처럼
길게 견딜 수 있는 건
섞여 있는 힘인 것이다

직립들은 쉬지 않는다

바람과 빗방울에 잠시 멈출 뿐
직립들은 좀처럼 쉬지 않는다.
그중 내가 아는 직립 중 으뜸인 것은
빨랫줄을 받치던 바지랑대다
마르고 긴 직립 끝에
양 갈래의 모양을 두고 한 집안의
물젖은 빨래를 받치곤 했다.
어디 그뿐인가, 가을에는
높디높은 홍시를 딸 때도 있고
잠자리들의 공중 경유지가 되기도 했다.
그러니, 공중의 모든 직립은
바람에게 휘청이는 가르침을 받은 것이다.
대부분의 직립은 주인이 없어
긴 굴뚝 끝을 빠져나간 연기같이
공중에서 흩어진다.
새들이 멈추지 않고 날아가는 직립
쉼 없이 불어오는 바람줄기마다
삐걱삐걱 녹슨 못들이 섞여 있다.
직립으로 가랑비가 내리고
펄럭거리는 옷가지들의 주머니마다

축축한 직립 한 줄기를 넣어 준다.
직립은 지구의 본성으로
여전히 쉬지 않는다.

찬물에 손 담기

찬물에 손 담그고

그 언 손에 입김을 불며 사는 일

그 정도만 돼도 살 만하지

꽁꽁 언 시냇물 속 물고기들의

돌 밑의 잠을 떠올려 보지

아무리 시린 손이더라도

그 두 손으로 호들갑 떨면 되지

한 발 더 빨리 뛰고

한 손 먼저 움켜쥐고

발도 손도 호들갑 떨다 보면

아무리 추운 날도 견딜 만하지

새들이 왜 나뭇가지에서 부산스러운지

풀들이 왜 이리저리 바람을 피하고

또 피하는지

찬물에 손 담아 보면 알게 되지

꽉 막혔다고 생각되는

실개울 얼음 밑으로 졸졸 흐르는 물

먼 흩날림의 뒤끝을

빈 나뭇가지 위에서 녹이는 눈송이

그곳은 봄이 시작되는 곳

\>

찬물에 손 담그는 일
얼굴 한 번 찡그리면
참고 견딜 만한 일이지

노루귀

이른 봄
노루귀에 물오른다

봄바람은 마른 나뭇잎에 들어
바스락거릴 때
귀를 쫑긋 세우고 두리번거리는
양지 쪽 노루귀꽃
제 솜털을 이불로 덮고
아직 쌀쌀한 날씨를 견디고 있다
눈이 녹은 경사진 언덕
흰 발자국들 잔바람에 다 날아가면
봄 햇살 자락 뜯어 먹고 우물거리는
어린 노루처럼
졸졸 흐르는 물소리 쪽으로
귀를 쫑긋거리는 노루귀꽃

봄날 나른한 양지쪽 햇살이
노루귀꽃에게 귀를 대면
파릇한 쟁반에 나물 반찬 담고
총 총 봄나들이 가는

맛있는 햇살들 달그락거린다

귀들은 다 저렇게 예쁠까
겁이 많아 예민한 귀들
바람이 들려준 털 송송 돋은 봄소식
산 이곳저곳에서 핀다

실려 가는 봄

반쯤 핀 봄이
트럭에 실려 가고 있다
어디를 간들
그곳 또한 봄이겠지만
정규직 발령받은 것처럼 실려 가는 봄
잠시 신호 대기 중에도 꽃들은
트럭의 엔진음 따라 부르르 떤다
발가락이 드러난 뿌리를
적셔 주는 봄비
집 정원이든 국도 변이든
봄이 있는 곳이면 살 만한 곳이려니
이차선 길 마주 오는 트럭에게
가는 곳 햇살과 습도는 묻지 않는다
지붕 없는 바람도 두렵지 않다
몽환적인 바퀴 소리에
봄은 마취 중이다
개나리꽃 손에 쥐고 뛰어가는 바람
솥뚜껑 들썩이듯
국도 변마다 분홍 마당이 환하다
저 트럭도 그걸 아는지

천지간 한 그루 봄을 옮기는
막중을 아는지
변속의 속도를 한껏 올리는데
아주 오래전 어떤 봄도
저렇게 실어 왔으면 좋겠다

글쎄

근심 한 방울 매달린
눈썹 같은,
먼 궁금증을 끌어당기는 나직한 말

글쎄,
머뭇거리며
칠판을 바라보는
책을 방목했던 때가 보인다.

골목이 문밖에서 기다리고 있는
방의 문턱 같은 핑계
입꼬리 틈새에 잠긴다.
말이 느린 엄마에게
밀린 수업료 이야기하면
느긋한 엄마 말에 쥐가 난 듯
발이 저렸다.

망설임을 저녁으로 밀고 가는
리어카 같은
접힌 우산을 펴는

흐린 날씨에 내걸린 빨래들 같은
이러지도 저러지도 못하는 일들
깜박거리는 눈썹으로
글쎄, 글쎄 하며 눈을 감는다.

오랫동안 내 쪽으로 기우는
글자에 기댄 이마를 만지면
속 빈 늙은 호박같이
누런 미열이 남아 있는
글쎄,

삼촌의 중심

삼촌이 새로 사서 끌고 온 삼천리 자전거
빛나는 은륜 두 짝 중
앞바퀴를 눈여겨보았지
코스모스 허리를 가진
삼촌의 중심은 좀처럼 무너지지 않았어
핸들,
그 양쪽의 방향을
요리조리, 비틀거리면서 잘도 달렸지
가을 지나
겨울 초입에 귀마개를 하고 달리던
기찻길에서 중심을 잃고 구르던 둑방 길
바퀴들은 제멋대로 돌고
작은 머리는 모난 돌멩이에 처박혔지
산 중턱에 멈춘 반 바퀴
흙무덤에 뗏밥이 돋을 때쯤
난 중심을 배우기 시작했어
조금 성한 앞바퀴를 걸쇠에 걸고
삼촌이 익혀 놓은 앞바퀴로
좁은 길도
휘어진 길

거리낌 없이 달리던 길
공손한 외톨이의 일방통행이지만
은륜이 빛났던 삼촌의
그 운전 실력은 지금도 유용하지
가끔 캄캄한 밤이면
밤하늘에 비추는 달빛에
동그란 안경테 흔들거리며
허공을 굴러가는
빛나는 삼촌의 은륜이 보이곤 하지

쉬는 배

누가 물 위를
흘수선들의 집결지라고 했나
얼음이 언 강기슭에
나룻배 한 척 정박 중이다
거스르지 않고 흐르던 물의 숨결도
겨울 한철 멈춰 영하의 온도를 덮고 있다
눈길 미끄러워 하루 쉬는 언덕길처럼
비 오는 날 공치는 노동처럼
물이 꽁꽁 얼면
쉬는 배들이 있다

이맘때 강은 예민해진다
물은 추위를 붙잡고
봄의 눈꺼풀을 생각하며
온순한 민물들은 그 수면水面을 쉰다
멈출 수 있는 물의 시간들
자칫 제 무게를 모르는 존재들은
일순을 긋는 낭패의 실금을
강 한가운데쯤에서
맞닥뜨릴 수도 있겠지만

버드나무도 물소리도
움츠리는 겨울이 지나고
배의 주변에 운신하는 봄기운을
봄의 첫 번째 사공으로
여길 것이다.

후회의 목록

내가 작성한 후회의 목록엔
웬 노인들이 이렇게나 많을까
발 빠른 나이를 먹는 노인들과는 달리
나는 늘 뒤늦은 나이가 드는 걸까
봄볕에 머리 감겨 드리지 않는 일
정든 가구를 버리라 했던 일
뾰족한 말의 끝을 살피지 않았던 일
늙은 집과 점점 멀어졌던 일

세상엔 묶음의 날짜로 지나가는 달력도 있어
후회는 무수한 동그라미로 표시되고
어쩌다 다정했던 기념일들이
드문드문 휴일 같을 때
나보다 더 멀리 간
노인을 따라가지 않고
자꾸 기다리라고 한 말
어느새 끝 쪽에 앉아 있는 노인을 향해
왜 그런 위험한 곳에 앉아 있냐고
또 역정을 냈던 말

>
당신이 나의 후회 목록이라는 사실을
빨리 알아차리길 바랄 뿐
하나하나 후회를 살피다 보면
그 많던 후회를 모아 두었던 노인들은
후회마저도 주섬주섬 싸 가지고 갔다는 것을
새롭게 알게 되는 것이다

제2부 번갈아 깃들다

얼굴 한 장

얼굴에 주름이 생기는 일을 생각하다
제대로 구겨진 적이 없었다는 생각을 했다

낱장으로 펄럭인 얼굴
제철에 핀 꽃들 주변에서만
머뭇거리는 얼굴
변덕스런 집의 안팎을 살피며
비위를 맞춘 적이 없는 얼굴

어디 적당한 봉투를 만나면
척척 몇 번 접혀서
딱 알맞은 크기가 되지 못할 거라는 생각을 했다
그러니 이젠 슬슬 얼굴을 접을 때라고
얼굴은 말하고 있으나
차마 접기 힘든 낯을
질끈, 눈 감는 일로 대신하고 있다

손으로 물을 떠서 얼굴을 씻을 때
얼굴은 펴지고 대신 물이 구겨졌다는 생각을 했다
그렇게 접고 펴는 동안

눈은 까마득한 사람을 알아보지 못하고
새로 생긴 말을 미처 배우지 못한 입은
침묵을 택할 것이다

좋았던 시절의 누구도 모른 척하게 될 때
그땐 마지막 표정 하나를
질끈, 접게 되겠지

거울 속엔 아직 몇 번은 더
접혀야 할 것 같은 낱장 하나
뻔뻔하다

두부

빨간 대야에 담겨 있던
네모반듯한 두부

콩을 갈아 펄펄 끓인 후
몽글몽글 구름이 뭉쳐지듯
간수 물에 응고되던
네모반듯한 하얀 두부

쌀쌀한 날씨엔 도마 위에 올려놓고
무딘 칼로 썰어도 곧잘 썰리고
어떤 재료에 넣어도
보글보글, 지글지글하며 잘 맞는 두부
이 없는 노인에겐 우물거리는 별미였고
오물거리는 아이의 첫 음식인
물렁물렁, 부들부들한
순하고 여린 두부

그 어떤 재료보다도
반듯한 모양의 두부 한 모가
누옥의 밥상에 놓인

언뜻 보면 목화솜 이불같이
배고픈 입안을 다독이는
반야般若의 맛

아무리 무거운 무게를 얹어 놓아도
두부는 딱딱하게 굳지 않는다.

고물상

일가의 입관入棺식에서
반듯하게 누워 있는 망자

그는 평생 구기는 일을 했다
종이를 버릴 때도
온갖 말을 내뱉을 때도 무참히 구겨서 버렸다
그의 목소리는 날카롭거나 뾰족하여
마당의 오동나무 잎에도 철근을 넣곤 했다
죽기 전까지도 단단한 사물을 구기고
뭉치고 다시 구겨 넣는 일을 했었다

그는 버려진 한낮을 실어 날랐다
곳곳들이란 이미 구겨질 대로 구겨진
습성을 쌓아 놓곤 했다
구긴다는 것은 기댈 수 있는 안식처
반듯하던 소용을 버리는 것이다
뭉치의 값을 재고
우리는 이미 웅크리고 구겨진 울음을
힘껏 편 적이 있다

>

구겨질 대로 구겨진 망자는
비로소 반듯하게 누웠다
손끝 발끝도 꼿꼿이 펴고
자기의 값을 버리고 있는 중이다

누구나 반듯하게 퍼져 있는
시간을 따라 구겨진 것들도 점점
무거워지는 것이다

번갈아 깃들다

봄이 온다고 해서
창문을 열고 얼굴을 내밀었는데
딸인 듯한 여자가
엄마인 듯한 여자에게
패딩 잠바 앞섶을 여며 주면서 화를 낸다
말도 없이 나오면 어쩌냐고,
얼마나 찾았는지 아냐고,
딸인 듯한 여자는 엄마인 듯한 여자에게 들었던
오래전 말들을 돌려주고 있다

가문비나무 아래 흑곰이 동면에서 깨어나는
시기를 알려 주는 식물들처럼
저 돌려주고 돌려받는 사이에
몸에 번지는 부탁과 걱정의 말들

뺨을 닮은 딸인 듯한 여자가 잡는 두 손
엄마는 어디쯤에서 서성거리고 있을까
애칭을 부르던 시절로 돌아가고 싶은 걸까
아무리 빙빙 돌아도 과거만 있는 집을 찾고 있는 걸까
낯익은 것들은 다 낯설어지고

멀어지거나 멀어지다 겨우 만난 곳이
아득한 옛날이라는 것을 알까

앞서던 기억으로 뒤따르고
뒤따르던 기억으로 또 앞서가는
번갈아 깃드는 시간이
기억의 이쪽인지 저쪽인지 또 헷갈리는 것이다
각자 주고받는 호칭도 오래되면
슬쩍, 그 처지를 바꾸는 일이 종종 있다
마침 한 짐 꽃송이들을 허무는
벚꽃나무 아래가 피안인 듯 아득하다

수평선이 끼다

안경을 끼는 사람은 알지
흐릿한 유리 렌즈를
파란 수평선 한 조각으로 닦으면
반짝이는 햇살, 은빛 멸치 떼같이
눈앞이 맑아진다는 것
문장들이 윤슬처럼 빛난다는 것을
그러니 앞일 흐릿할 때
주머니를 뒤져
구겨져 있는 수평선 한 조각 손에 잡지
그도 여의치 않으면
가까운 안경점으로 달려가서
수평선 한 조각 얻어 오지
눈썹 위에 감정이 숨어 있고
먼 지평선을 나는 새도
붉은 노을에 지는 저녁 수평선도
잿빛 먼지와 얼룩 속으로 숨어들지
수평선을 자주 닦으면
노을처럼 번지는 슬픔
하얀 파도같이 부서져 버리는 시야로
한철의 범선이 너울너울 지나가기도 하지

>
그러니 흐릿한 앞일 같은 것
염려할 것 없다고
수평선 한 조각이면 맑은 눈물 닦을 수 있다고
흐릿한 안개 걷힐 수 있다고
안경을 끼는 사람은 알지.

어떤 상가喪家

산 며칠로
죽은 며칠을 치른다

이미 죽은 사람에게 전염병이
무슨 소용일까 싶지만
한 사람의 죽음을 산 사람 여럿이
치르는 중에도 힘에 겹다

숨 쉬는 일이 살아가는 일이라
마스크를 쓰고 흰 국화의 향을 피우고
살아 있는 위로와 죽은 안부를 번갈아 묻는 사이
이젠 숨 없어 살아가는 일 따윈 걱정 없는
누워 있는 망자는 더 이상 죄가 없다
어차피 상가란 진열된 핑계들이 모이고 때론 한 짝의
신발처럼 핑계를 잃어버리는 곳이기도 하다
신발 정리하는 상주도 없고
큰소리로 뒤엉키던 꼴불견도 없다
다만 평소에도 유행을 놓지 않던
라일락 향수와 물푸레 지팡이
망자의 마지막도 유행에 편승했으므로

마스크도 쓰지 않은 영정은
그저 어색하기만 하다

따지고 보면 누구나 죽음의 숙주로
하루하루 살아가지만
몸이라는 것, 온갖 병과 다정과 쾌락에게
한 시절 빌려주는 것일 뿐, 밍자가 없는
한가한 상가엔 36.5도를 밑도는 생들이
미지근하게 앉아들 있다.

부푸는 오후

수레에 가득 실린 저 부피들
환산하면 고작 몇천 원이나 될까

가벼웠던 내리막길을 지나
오르막으로 가는 숨소리에도
땀 꽃이 피는 늦은 오후

옛날 엄마는 저녁때에는
신발을 사지 말라고 했다
발이 부어서 헐거운 한낮을
걸어야 한다고 했다

밥줄에 걸린 날벌레로
허기를 채우는 오후
배고픈 눈에 띈 공갈빵
한 끼를 채워 줄 부푼 부피 속에
칭얼대는 아기 소리 울린다
부풀었던 햇빛도 줄어 가로등 속으로 들고
저녁의 먼지들이 노을을 붉게 태운다

>
차고지에 세워 둔 차들처럼
발가벗은 신발들은 현관에 도열해 있다
만개했던 나팔꽃도 탈상한 상복들처럼
한껏 쪼그라들어 있다

참새들이 볏짚 사이로 날개를 접고
깊은 잠으로 들어갈 때
폐지를 지폐 몇 장으로 환산한
수레는 텅 비고
부었던 발은 헐거워지는 중이다

톱날의 맛

작은 칼을 들고 봄을 뒤졌다
앉은뱅이 방석 같은 냉이도 있고
파랗게 갠 하늘 닮은 보리 싹
그중 민들레 이파리 뜯어다 살짝 데칠 때
누렇게 뜬 겨울빛이
새파랗게 물들었다

민들레 이파리를 쓱싹쓱싹 뜯었는데
무쳐서 먹을 때는 쌉쌀, 쌉쌀한 맛이 났다
봄바람을 베던 그 맛
아하, 이것이 톱날의 맛이구나
찬 겨울을 견디고
이파리를 떠나보내는 뿌리의 속내가
이렇게 쌉쌀하구나
그러니, 톱으로 나무를 쓱싹쓱싹 벨 때도
톱밥을 헐어 낼 때 나무들 쌉쌀했겠다
이빨로 내 입술을 물었을 때
지긋한 각오의 그 쓴맛처럼
남아 있는 뿌리들의 맛

>
봄날 아침 빨간 신호등이 깜박깜박
쉬지 못하고 토해 내는 쓱싹쓱싹 톱날의 날들
눈 감고 숨 한 번 고른
푸른 신호등엔
잠깐, 노란 꽃 피겠구나

파양

밤새 고양이가 운다

갈라진 틈새 같은 울음으로
자꾸 밤의 어딘가를 들추려 한다

따뜻한 품이 그리운
어린 울음 한 마리를
들여놓은 귓속에 근심이 쫑긋거린다

귓속은 밤에 열려 있는지
달이 기울자 또 매달리는 울음
울음소리 꽉 찬 내 귓속은
북쪽 나라의 침상에서 일어나는
오전 9시에서 11시 사이들 같다

한낮엔 아무리 뒤져도 울음들이 없다
한낮이 파양한 것인지
깊은 한밤이 파양한 것인지
울음은 지금쯤 배 속이 텅 비어 있을 것이지만
이안류처럼 울음이 몰려왔던 바닷가

방파제가 삼켰던 파도의 종말
그때 나는 밤의 꿈으로부터
파양당했다

밤에게 파양당하고
점점 좁아져 가는 한밤의 울음
까만 잉크 한 방울만 해져서
분명, 어느 환한 한낮에 가서 얇게 번져 있을 것이다

달이 딸깍 문을 닫았고
뭉툭한 꼬리들이 아침의 틈 속으로
쑥 들어갔다

징검다리들

호박잎이 징검을 놓고 있다
햇살을 따라 아랑곳없이 뻗는 넝쿨들
가뭄과 장마의 계절을 건너갈 선두는
아직 솜털이 송송 나 있다
노랑 꽃 푸른 잎의 합심으로
성큼성큼 애호박을 지나고
자꾸 가을로 걸어가는
내 할아버지 팔자걸음 같은 행보
손바닥 같은 엇박자 보폭에는
탁 탁 탁 소리가 도마에서 뛰고
보글보글 끓는 소리가
잰걸음으로 건너간다
그 많던 잎사귀들이 시들고
헐렁한 그늘을 드리운 넝쿨손
초저녁 옷깃을 걱정하던
초가을 저쯤에서
낡은 호박잎 징검이 끝난 곳
오각의 누런 디딤돌이 놓여 있다
맘 졸이며 뛰던 심장이 아닌
가쁜 숨을 추스르는 심장 소리

중심에서 멀어진

수몰지구 언덕에 버려진 폐가 같은

독거노인 같은

늙고 늙은 누르스름한 집 한 채가

아직은 골똘하니 버티고 있다

감추는 사람

사람은 사람을 감춘다.
견고한 금고도
음습한 지하실도 없어
다 드러나는 얼굴 표정 속에 감춘다.

주소를 찾아와서는 사람을 찾는다. 벽에 붙은 가족사진
은 먹구름에 문을 못 연 여름 한철을 푸념한다, 가을을 준
비 못 한 슬픔을 뒷문 베란다에 숨기고 단정한 머리를 풀어
헤친다.
내 눈빛은 대낮 부엉이 눈이다.
어부의 뒤집힌 쪽배다.

사람은 사람을 감춘다.
라일락 향기에 인사 나누던 이웃들
붉은 상수리 열매 떨어지던 늦가을 이야기도
찬 이슬 맞은 이불 속에 숨겨야 한다.
햇살 유리창에 갈색 커튼이 드리워지고
빈 저녁이 전구들을 끄고 있다.
찬바람이 잎들을 감추는
오늘은 입동이다.

\>

감추는 사람은 속을 앓는 사람

뒤짐을 당하는 사람은 뒤지기 적당한 사람이다.

다람쥐 입들이 가을의 열매를 구름 밑에 감추듯

숨겨진 방에

빈방 하나 만들어

사람은 사람을 감춘다.

살아서도 죽어서도 나무

손녀는 가늘고 말 잘 듣고
동네 길을 잘 아는 물푸레나무로
할머니의 지팡이를 마련해 주었습니다
평소 아름다운 햇살이 걸터앉은
휘청거리던 나무였고
길목을 지나는 바람과 두런두런거리던
어린 나무였습니다.
손녀는 껍질을 다듬어
말소리도 흔들거리는 할머니에게
야무진 지팡이를 만들어 주었습니다.
그 지팡이를 짚은 할머니는
손과 발에 쌀쌀한 바람이 불었습니다.
걸음걸이에도 지팡이에도 바람 소리가 났습니다.
죽은 나무가 흔들흔들
살아서 움직이는 것이었습니다.
나무는 살아서도 죽어서도
흔들리는 존재입니다.
할머니의 걸음이 흔들리는 것인지
살아서 든 바람과 노는 것인지
지팡이는 외출할 때마다 흔들렸습니다.

>

나무는 어릴수록 더 흔들거리고
사람은 늙을수록 더 흔들립니다.
오늘 하루 문 옆에 기대어 놓은
할머니의 지팡이가 뿌리를 내린 듯 고요합니다.
바람이 쉬는 날입니다.

손발의 떨림도 멈춘 날입니다.

화양연화

어느 해였을까
갓 꺾인 꽃 무리로 나에게 안긴
한 아름의 꽃
아침을 여는 새들과 저녁 바람이 깃든
봄의 사절단이었지만
지금은 사막처럼 갈라진 마른 꽃

나도 한때는 바구니 하나에
세상 봄 다 담긴
그런 봄을
코웃음 치며 받았었지

누구나 지나가는 봄을
붉은 가시 벽과 도도한 줄기를 키워 가며
바구니에 담았던 그런 봄
화등잔 눈빛으로 받은 한 바구니의
옛 봄

꺾인 봄에서도
다시 꽃 피고 또 시들어 간다

어떤 마음으로 봄을 대신할지
이제 남은 봄은 몇 개나 될지

꽃바구니와 봄은 비례할까
버려진 꽃바구니들은
다시 여름의 의미로 시든다.

필명

딸 넷에 아들 하나 낳은 날
귀한 자식 귀신도 얼씬 못 하게
열두 폭 병풍으로 둘둘 가렸다
붉은 고추 볏짚 사이에 꽂고
정화수 물로 삼신할머니께 빌고
개나 소나 말의 이름 지어서 천하게 불렀다
그 이름에는 생일날 미역국에 고기 몇 점 들어 있고
알뜰살뜰 쓰다듬는 손이 많았다

항렬을 받을 수 없는
부엌 언저리를 넘나들던 딸은
불쏘시개처럼 활활
담쟁이 넝쿨처럼 질긴 손을 잡고 살았다
한 집안 한 이름으로 명맥을 이어 가는
아들은 항렬을 이어 가고
나머지 딸들은 이름처럼 분분히 흩어졌다
골목길을 걷고 큰길을 걷다 보면
자갈처럼 굴러다니는 어릴 적 나의 이름들
제주도 돌담 집에도 부산 자갈치시장에도
목포의 유달산 자락에도

바람이 씨를 뿌린 듯 방방곡곡 흔한 이름

어느 날 글을 쓰면서
예전에 부르던 이름을 버리고
다가와 어깨를 다독이는 이름
들판에 달과 별 아래 핀 작은 풀꽃 화연

소리를 뜯다

아침부터 굴삭기가
땅에서 요란한 소리를 뜯는다.
비어 있는 땅속 소리가 이렇게 요란하다니
땅속에, 이렇게 큰 굉음이 들어 있었다니
소리가 크다는 것은
견고하게 문을 닫고 있다는 것.
아무리 고요한 바닥도
그 표면을 뜯어내는 일엔
온갖 소리를 뱉어 내는 투정이 있다는 것.

타일을 뜯는 헝클어진 소리. 닫힌 대문을 여는 자물쇠 소
리. 기도문을 외는 묵상의 소리. 떨어진 열매에 붙어 있던
뿌리의 소리. 이미 한 번쯤 튀쳐나온 땅속과 맞지 않은 소
리들은 또 의외로 조용하다.

윙윙거리는 땅 밑이
오전 내내 퍼 올려진다.
굳어진 땅이 제각각 빛을 거둔다.
몇 년 키운 모과나무에서 익지 않은 열매가
톡톡 땅속의 소리들로 떨어지듯

언제 들어간 적도 없는 소리들이

오전을 뜯으며 허문다.

이런 날 나의 귀는 비좁다.

우리가 밟고 있는 땅속은

셀 수 없는 소리들이 매장되어 있다.

다 파낸 땅에서

정적만 골라 다시 묻는다.

제3부 어떤 색이니

무렵

무렵이라는 말 좋지
마지못해 기울어진 즈음,
자칫 잘못하면 미끄러지거나 빨려 들어가기 쉽지
모든 것을 두고 온 곳이거나
모든 것을 가져다 놓을 수 있는 곳
시소처럼 무거운 것은 뜨고
가벼운 것은 내려앉는 그런 무렵

꽃들이 무더기로 피어도 좋고
붉게 하교하던 노을이나
제철 꽃들의 기억을
모두가 나누어 갖고 있는 그 무렵들
하루에도 몇 번 있고
한 달에도, 몇십 번 있는
움직이는 무렵

아득한 핑계들을 모아도 좋은
그립다고 말해도 좋고
지긋지긋하다고 진저리를 치기도 좋은
해 질 녘 만나면

추적추적 내리는 홑겹의 비를 덮고 낮잠을 자도 좋은
그런 저런 무렵들

어디까지 가는 스산함일까
가을 들녘을 아지랑이처럼 걸어와
흰 머리카락을 벗기다 갈
이런저런 소문으로 마무리되는 무렵들

비스듬한 날씨나 특별한 날짜가 아니더라도
기억나지 않는 날짜들의 근처이거나
여행하는 날짜들의 근처에 있는
그리운 무렵들

사각 설탕

각진 상자 속에는
단물 냄새가 난다

부리를 모으고 날아오르는 것은 새의 일
각진 모퉁이에 날개가 스쳐도
심장을 뜨겁게 하는 것은 저 물이다
푸른 나뭇가지의 음악 소리는 없더라도
가까이 다가가는 것은
눈을 뜨자마자 엄마 입에서 나던 단맛
해 뜨기 직전 아침 이슬이 달았던 기억
장마 뒤 잎새의 물기를 먹었던
작은 기억이 사각의 문을 두드린다

개미들이 기어가고 있는 마루 밑
흙 묻은 손을 바지에 닦으며 대문을 여닫는 아이들
단내 나는 밥 냄새가 흐르는 사각의 방
어두워져야 돌아갈 곳을 달려갔던 사각의 방

저 안에 푸른 바다가 출렁거리고
뭉게구름이 만든 물방울이 자고

물방울이 키운 잎새들이 자라고 있다
나비들이 낮잠을 잔 꽃물이 들어 있다
검은 발톱을 씻겨 줄 설탕물이 저곳에 있다

창문가에 놀러 올 새끼손가락보다 작은 너
봄의 바람이 꿀물 잔치를 벌인다

적당한 방

젊은 시절은 늘 비좁았다
벽지들은 속옷을 보이고
바닥의 장판들에게 혀를 내밀었다
등을 맞댄 목화솜은 서로 뒤엉켜
꿈의 체위를 잡지 못하고 돌고 돌았다
재봉틀 소리가 밤새 도돌이표로 네모 방을 돌면
구석은 음지였고 가파른 잠자리였다

작은 벽이 많은 일자집
유리문을 찾지 못해
어떤 좋은 햇살도 좁은 방은 찾아오지 않았다
숨소리가 좁아지고
발뒤꿈치가 좁아졌다
감정의 뿌리에는 염증이 들어와
하얀 서리가 계절 없이 내렸다

그 무렵, 적당한 방은 어디에도 없었다
적당한 방을 찾아갈 때마다
곰팡이와 거미줄과 분방한 먼지들이 있었다
소유물들은 적당한 방을 싫어했다

세로로 쌓아 가는 방의 잔류물들
체면들을 불러 모으고
화폐들은 점점 넓어지고
몸은 우람해지고 방은 갈수록 좁아졌다

지금의 내 몸은 임시변통으로
대충 살아온 지나온 방들의 크기다
뜨거운 햇살에 말리지 못했던
여전히 좁은 꿈들이
돌아누울 때마다
끙 하는 소리를 낸다.

곡우

비를 맞고 씨앗들이
깨어난다는, 곡우

아침, 빗소리에 잠을 깼다

문득 잠든 날이 어젯밤이 아닐 수도
어쩌면 지난 늦가을쯤일 수도 있다는 생각을 했다
한숨 푹 자면서
동면을 끝낸 곰처럼 겨울을
다 흘려보냈을지도 모른다는 생각이 들었다

볍씨를 물에 담그며 쥐어 본 적이 있다
어떤 씨앗이든지 꽉 조이고 웅크리지 않은 씨앗은 없다
그러다 곡우 무렵에 내리는 빗줄기 소리에
파란 귀를 여는 씨앗들
농부의 장화 속에서
졸졸졸 흐르는 물소리를 듣는 씨앗들과
산 다래나무에 물이 오르막을 올라가는 소리에
불룩한 물주머니를 매달아 놓을까
무심히 들리는

빗방울 소리들은
세상의 씨앗들의 수만큼
우리가 먹는 밥알들의 수만큼
대지가 깨어나라고 내리는 것일지도 모른다

어쩌면 나도
씨앗들의 잠을 조금 읽어 내어
아직 씁쓸한 어린잎에게
빗소리나 들려줄까
묵정밭에 여름으로 가는 푸른 지천을
모른 척할까

단추들의 체온

계절은 옷을 따라 돈다
입춘으로 가는 달력의 숫자
손은 봄옷으로 이동한다
입지 않은 옷을 꺼내면
풀어져 있는 단추들이 내 몸을 끌어당긴다
접힌 자국마다 꽃물이 엎질러져 있거나
쌀쌀한 바람이 주름으로 있다
지난 봄꽃 물들은 얼룩이 옷의 살점이다
목 밑에서 허리 근처까지
단추들의 온도계에는 수은주 눈금이 있어
오늘의 날씨에 오르락내리락한다

미세먼지 묻은 옷을 빨아
빨랫줄에 걸어 놓으면
풀린 단추 사이로 물이 뚝뚝 떨어진다
옷의 살점 허물을 벗고 있다
말라 가는 단추들의 체온
햇볕으로 달여진 옷은 몸의 체온을 기다린다
오래 입은 옷에서
실뿌리 같은 실밥을 끊고 툭 떨어지는 단추

씨앗이 되고 싶다는 외침의 소리
흔들이 단추는 매무새에서 일탈하고
똑딱이 단추는 짝을 찾아서 헤맨다
아침을 닫고 저녁을 푸는 단추들의 역설법

편하게 내어 준 단추는 고집이 없다
거꾸로 매달아도 옷감을 끌어당기지 않는 단추
사계절이 맨 앞에서 달리는 단추들
단추의 매무새에는
급행열차의 두 번째 칸의 무심한 이야기가 있고
이별의 전조 속 뚝뚝 흘리는 눈물이 있다

등짝

무릎을 구부리고
쓰러진 사람을 업었다

무의식으로 버려진 사람은 무게가 무겁다
등짝 위에 자신의 온 체중을 벗어 놓은
사람은 짐짝처럼 무겁다

손잡이도 없는 사람의
등짝을 수습하다 보면
언제 어디에서 덜어 놓고 온 무게들의 합산
난처한 부피다

먹구름을 업었던 등짝엔
어느새 빗줄기를 맞은 듯 축축하다
간혹, 먹구름들은 제 무게를 알아차리고
느닷없이 비를 덜어 내기도 한다

잡지 않는 손과 발
잡고 있는 손과 발

>

기껏 벗어 버린 의식이
깃털보다도 더 가벼운 것이었구나
그 깃털 하나 벗는 일에
온 짐짝을 등짝에 메고 다녔었구나

몇 사람이 달라붙어
내 등짝에서 짐짝을 풀 듯
등짝을 푼다.

물소리를 환청으로 듣게 된다면

환청이란 먼 곳을
곁에 두고자 하는 일이겠지만
물소리를 환청으로 듣게 된다면
강이나 계곡 없이도 순조롭게
흘러가고 있다는 뜻이다
모래시계의 모래처럼 한쪽이 비스듬하게
기울어졌다는 신호일지도 모른다
겨우내 얼었던 얼음이 풀리자
귓속 파란 이끼가 끼고
가재나 버들치가 자라듯
한쪽 귀가 풀렸을지도 모른다

햇살 품은 오렌지빛 하늘과
눈을 뜰 수 없는 천산의 만년설을 생각할 때
더욱 기울어진 귓가엔
흐르는 물이 돌에 부딪쳐 머뭇거리는 소리
바람이 풀잎을 밟고 뛰어가는,
역방향들이 뛰는 소리가 들린다

내 몸엔 흐르지 않는 곳이 한 군데도 없다

고개 숙인 얼굴에서 호젓한 상념이 흘러내리고
기울어진 한쪽 귀에 새고 있는 소리들
그런 것들, 다 물 흐르듯 살라는 충고다
순리를 따르는 경사도에
기꺼이 진입했다는 알람 소리다

흐르지 않는 것은
무거운 돌 아래 누워 있다
회색 구름 첨벙대는 하늘을 보며
물소리 환청과 화해 중이다

올빼미

    은행나무 가지 위에 올빼미 뒷간 가는 걸음 따라가며 개구리 먹은 뱀 이야기 붉은 손 귀신이 측간厠間에 나타났다는 소문을 전해 주곤 했지 올빼미의 동그란 눈빛과 울음소리는 온종일 이빨 없는 할머니들의 응얼거리는 소리보다 더 무서웠지 그날 은행나무 풀숲 아래에서 들킨 엉덩이는 올빼미 때문이지

    올빼미가 가로등 근처에 밤낮으로 앉아 있다 삼백육십 도 돌아가는 방향에는 사람의 동선을 수집하고 목덜미를 돌리며 날리는 소문들 금고 속 장부들이 숨어서 부풀리는 혐의와 차량들의 번호판 철제 옷 입은 신종 올빼미가 새로 태어나 거리를 살피지

    내 곁에 어린 시절 울음소리가 선반에 앉아 있다 할머니들은 앞 이빨이 없어 아기를 좋아한다는 소문들이 깃털 사이에서 새어 나온다 굽은 등에서 배운 고개 숙이는 법은 아래로 흐르는 엉덩이의 물에서도 배웠지 은행 냄새는 풀숲에 들킨 엉덩이를 닮았는지도 몰라

    올빼미는 계절을 날며 들쥐를 먹었는데 숨을 곳이 사라진

밤의 근황들 흑백의 프레임으로 도시의 밤은 점점 밝아진다
세상의 이야기는 발가벗은 여름이고 올빼미들 두 눈 깜박거
리며 숨을 곳이 없지

육십이란

십 년에 강산이 한 번 변한다는데

육시랄
여섯 번이나

흐릿한 날이면 더욱더
흐릿한 자화상

즐거운 일들 앞에서
찬밥 신세가 관절들의 고해성사

콩의 무늬는 어쩜 저렇게 예쁠까
생선은 요렇게 싱싱하고 맛있을까
시들고 찢긴 경의敬意들

응달 토끼가 양달을 믿듯
양달 토끼가 응달을 걱정하듯
육십이란 나이는 하양도 아니고
검정도 아닌 무채색의 나이
숫자와 활자를 시시때때 까먹는

깜박 새

과거도 미래에도
궁금증이 없는 나이

새순 돋는 봄은 아득히 멀고
뚝뚝 제 몸의 삭정이 꺾는 소리를
저가 듣는 나이

어떤 색이니

파프리카 하얀 꽃 떨어지고
파란 파프리카 열렸다

열렸다는 말은 열매에도
문에도 쓰지만
파란색 파프리카는
어떤 색을 들여놓을지 자못 진지하다
순전히 자기의 색을
자기가 행사하는 식물이지만
사람이 궁금한 파프리카 색은
빨강색 아니면 노란색이나 주황색이다
몇 가지 색을 고르다
햇빛과 바람과 비를 맞으며
본색을 드러내는 파프리카

묻는다
너는 어떤 색이니?

술래잡기를 할 때의 숨 참은 색
고진감래苦盡甘來라는 말을 넣은 포장지의 색

도화지 한 장에 몇 가지 색으로
채색되던 너라는 색
모른다고 손 휘젓다가 엎지른
저녁 무렵의 그 불그스름한 색

파프리카의 기다림은 파란색
어느 날 불쑥 어떤 색이 찾아와
주인을 자처할 때까지
몇 가지 색을 놓고 고민하다가
열렸다는 말을 듣고
언제 그랬냐는 듯 시치미 뚝 떼는
파프리카의 몇 가지 색

네오필리아

두 귀가 물이 오르는 삼월
해수면의 온도가 오르자
붉게 부푸는 감촉에 향기 잃은 꽃술들
꿀벌이 사라지고 봄의 색이 사라지자
고목나무도 사라지고 코알라도 사라졌다
붉고 푸른 사과는 흰색으로 바뀌었다
원숭이도 나무들의 높이가 사라진
나무뿌리를 먹자 털이 없어졌다
얼굴 데일까 바람 부는 쪽으로 떠나는 동식물들
내일은 화성으로 떠나는
동녘의 기차표를 살 수 있을까
순리가 아닌 일그러진 표정으로
벚나무 톱니 손과 버들잎들이
흐르는 물보다 빠르게 삼월의 소문을 건넨다
소문은 진실보다 빠른 날개가 있어
커진 귓속으로 끌고 가는 환상통
목덜미 늘어진 나무뿌리가 시든 잎에게
어디로 갈까 마른 동공을 부풀리는 동안 두 귀는 점점 커
지고 입가에 번지는 이파리는
봄비 오던 날의 나뭇가지를 기억해 낸다

두 귀에 거품처럼 잎 돋는 소리가 들어차고
가느다란 소리에 물이 오르는 삼월
우주가 서로의 중력을 교환하고 있다

돈나물

눈 녹자마자 찾아온 봄엔
푸른 것들이 귀하디귀하다
가장 먼저 초록을 지피는 돈나물 이파리들은
언뜻 보면 불꽃 모양을 닮았다

이쯤에서 저쯤까지 누가 부르지 않아도
번져 가는 돈나물 줄기를 보면
하나둘 좌판들이 모여들어
난전을 이룬 새벽 시장이 떠오르고
피난민들 모여 살았던 아미동 언덕배기나
같은 처지에 얹혀살던 동병상련이 떠오른다
무남독녀인 어머니가 눌러앉은 비석 계단 틈 틈에서
끈질기게 뻗어 가던 야무진 줄기
담장이 없는 이웃 간을 잇던 푸른 줄기들은
마른 말꼬리 끝을 따라 번지며 입에 착착 붙던
풋내 나던 남쪽 사투리를 닮았다
입이 시들해지면 시큼한 물김치에 말은
보리밥 밥알에도 봄이 톡톡 돋아날 것 같은
맑은 맛도 나고 시원한 맛이 나는
참고 참은 뒤끝의 푹 삭은,

답답한 사람의 속이
열 길 물속처럼 환히 뚫리는 그 맛

지구 밖에서 지구를 내려다보면
마치 돈나물 돋은 듯 푸른 지구의 곳곳들
저쯤에서 이쯤으로 옮겨 오던
파릇한 봄의 지도

신륵사

해 질 녘, 가시 박힌 말들을 데리고
유유가 흐르는 절을 찾았다
법당에 삼배를 하고 나오니
기와 봉양에 써진 소원 성취, 극락장생이
그 가시 내가 빼 주겠노라고
몇 마디쯤 해 보라 한다

절 앞 식당에서 출출하여 먹던 생선
작은 가시가 목에 걸린 듯 따갑다
나도 모르게 삼켰던 가시들이
이 봄날, 무슨 역류의 계절인가 싶어
말끝마다 저의 끝으로 치받고 있는 것이다
병원에서 앞으로 몸 구부려
혀를 길게 뽑고 가시 살피는 모습처럼
법당에 앉아 늦은 저녁 예불을 봉행하는
저 부처도 제 안에서 들끓던
가시덤불 수없이 뱉어 냈으리라
가시 속에 붉은 죄 하나
우거지 시래기보다 생선에 먼저 간 식탐
가시 하나 뽑으니 소원이 이루어지고

가시 하나 뽑으니 지금이 극락이다

강에 걸린 붉은 해
연꽃 강물에 잎을 묻는 시간
늦가을 가시로 물든 입속의 잎들이
범종 소리보다 더 큰 무게로 목젖을 두드린다

가고 싶은 길

거미나 누에는 몸속에
길고 긴 길이를 두고 있다

그건 이미 온 길의 거리이거나
가야 할, 혹은 가고 싶은 거리일 수도 있지만
내달리고 싶은 길의 길이를
대부분 거미처럼 누에처럼
자신의 집을 짓거나 밥을 구하는 데 쓴다

출퇴근으로 반복되는 거리이거나
삶에서 죽음으로 가는 이 착실함은
지구의 성실함을 본받은 처사다
어느 날은 비틀거리고, 뛰어오고, 또 어떤 날엔
오기도 가기도 싫어 빙 돌아오듯
매일 궂은 날과 맑은 날을 번갈아 섞는다
길은, 직선으로 혹은 사선으로 연결되며
서로를 얽어매거나 또 교묘하게 피해서 간다
그 사이사이에 집을 짓고 또 잠을 잔다

나뭇가지 끝까지 갔다가 다시

돌아오는 애벌레의 방향도 길의 한 종류겠지만
자신의 몸속을 돌고 또 돌아 나오는
저 은색의 실들이란
제 속을 무던히도 치댄 뒤끝의 그 끈기로 빠져나온다
길고 긴 실로 집을 짓고 그 속에 들어 잠든 누에는,
그 잠을 허물어 보면 또
어디로 갔는지 사라지고 없다

나무들이 살아서 흔들리는 본연을 실천하듯
걷는다는 것은 아직 할 일 없음으로
그 할 일이 남아 있다는 것
발 디딜 틈 있는 공간을 아직까지는
지극히 공경하고 있다는 뜻이다

폭식

수렵 삼십 년이 된
이팝나무 만개한 뒤로 바람들
숟가락도 없이 달려든다
설익은 꽃밥
꼬들꼬들하게 익어 가는 중이다

꽃샘추위 들어오면
약속이나 하듯 때를 기다리는 저, 슬기로움
벌써부터 바닥은
일렁이는 그늘들, 입을 벌리고
저 꽃밥 쏟아질 때를 기다린다

벌 떼의 행렬이 끝나고
지금은 후덥지근하게 뜸 들이는 시간
그늘은 일 년을 기다려 보챈다
바람 부는 날 입맛 다시는 그늘
만개한 꽃들 걱정은
침 흘리는 그늘을 환하게 하는 일
꽃밥으로 살찌우는 일

>
휘날리는 꽃잎들은
웃으며 떨어진다는 증거다
한 존재가 배부르면
또 한 존재는 배고픈
지구의 가난 내력

고봉으로 꽃밥 쌓인 이팝나무 그늘이지만
올려다본 나뭇가지들은 지금
허전한 공복들이다

제4부 둥글다는 기억

헛디뎠다

발이 절룩거린다
엉킨 그림자를 비켜 가지 못하고
잠시 헛생각을 했다
쓸데없는 잡념에 휘청거렸다

앞선 발과 뒤따라오는 발의 간격을 헛디딘 일
가끔씩 쉬듯이 찾아온다
나라는 사람의
영혼도 헛디딘 것이 분명하다
앞으로 걷다 보면 나의 영혼은
나와는 전혀 다른 곳에 가 있곤 한다
소량의 그림자를 걸치고
몇백 개쯤 되는 날개를 갖고
나 없는 곳으로 영혼은 돌아다니다
가끔은 찾아오는 것이다

그럴 때마다 나는 현실을 탓한다
나의 영혼이 나를 헛디딜 때마다
영혼의 처소들은 점점 더
깊은 오지로 숨거나

협곡을 가로지르거나
순례지를 순례했다
내가 따라가지 못할 곳
가끔은 구름을 타고 달아나는 것이다

밥을 먹고 잠을 자는 현실에서
꿈속에서도 미끄럼을 타는 것은
나만의 자물쇠를 열고
다락으로 들어가는 일이다
세 번째 계단에서 떨어지더라도

김밥을 먹으며

색色이 물결치는 광화문 네거리
차들이 비껴간 거리에
부서지고 휘어지고 번지는 말들의 광기
말들이 안장을 버린 그 잔등에 태우고 있는 것은
날뛰는 발굽들이다
말의 꼬리로 물고 늘어지는 벽화
천 개의 꼬리들이 종로 거리에 붓질을 하고
말굽에 짓밟히는 찢긴 입의 상처들
도로 간판들은 소음을 물고 있다

생각이 다른 혀 밑에는
서풍이 미는 거절과
동풍이 부는 친절이 공존한다
아침 햇살과 저녁노을 사이에서 말들은
시들해진 명분을 들고
밥때를 잃은 입술을 다독인다
염천炎天 지붕을 걸어도 밥심으로 사는 우리
오이와 당근은 상극이라고 했나
시청 지하 김밥집에서 산
붉은 햄과 푸른 시금치로 만든

태극 무늬 김밥이 입속으로 들어가자
혓바늘 돋던 말들이 허물어지면서 다정하다
색들이 조화를 이루는 입안
붉은색과 푸른색이 씹히는 입속 온도는 따뜻하다
두 평 김밥집이 배고픈 저녁을 위로하는
노을이 지는 광화문 풍경
극렬한 진영이 같은 김밥을 먹고 있다

침침한 눈을 뚫고

토란이 올라왔다
땅속의 움트는 번영을 모르는 척
토란잎은 제 그늘과 함께 바람을 탄다
바람 타는 그늘이 보기 좋다고
어린 토란잎만 한 편지지를 채운다
침침한 글자들은 마치
토란잎에 튀는 빗방울들 같아서
종이엔 한바탕 웃음이 식자된다
아무리 찌그러진 궁금증으로 물어도
동글동글 뭉쳐져서 미끄러진다

땅 밑이 풍요로울수록
이파리는 넓어지고 그늘은 두꺼워진다고
이야기는 앞장을 넘어 뒷장을 채워 나간다
그 사이 하늘은 또 두꺼워지고
한차례 얇은 소나기가 번진다

지금, 표준말로 내리는 소나기
직행버스를 탄 길손처럼
창문에 흐르는 빗물이 저 마음의 소란이다

빗물 속에는 동글동글한 안부와
톡톡 튀는 문체가 풍요롭다
후드득 떨어지는 허울뿐인 소나기에도
넓어지며 푸르게 짙어지는 토란잎
그곳에 도착할 즈음이면 질펀한
사투리로 또 번져 있겠네

손끝에 토란 독 오른 양
간지러운 몇 마디는 꾹 참았네

푸른 치열

소실점
아득한 길의 끝
언젠가 내가 떠나온 곳이거나
뒤돌아서 보던 곳
미루나무 가로수의 끝으로
흙먼지를 일으키며 차들이 달려가고
푸르던 거리가 아득하던
푸른 치열
가지런한 저 사이
여름의 얼굴들이 숨고
헛기침과 관습들의 지팡이가 버려졌다
이제는 드문드문 고사한 가로수들이
곤두서 있지만
한 소읍의 낡은 품목들과 상호들이
긴 불황에 들어 있을 뿐이다
저곳이라면 푸른 치열로
긴 이야기를 풀어놓을 수 있을 것 같은데
모래시계를 뒤집듯
끝과 끝은 시절을 바꿔 가며
이쪽저쪽으로 바뀌었다

그때마다 우리는 어느 쪽의
끝에 서 있다고 믿었지만
긴 소실점을 뒤집어 놓으면
아득한 옛일들이 한 호흡 끝에서
숨 가쁘게 달려온다

양은 도시락

내 등에선 지금도
빈 양은 도시락이 딸그락거리는 소리를 듣는다
어쩌다 끼니를 놓친 시간이 되면
배가 고픈 것이 아니라
딸그락거리며 등이 고프다

언니의 도시락을 전해 주러
풀밭 구절초 옆을 지나다가
그때도 등이 고팠을까
아껴 먹은 계란 덮인 풀밭 식사 허겁지겁 끝나고
교실 문 열고 건네준 빈 양은 도시락
등 뒤의 빈 소리들이
내 목덜미를 잡아챌까 싶어
빠른 걸음으로 뛰던
지금도 맛있게 떠오르는 그 기억

남이섬 나무 의자에 앉아
양은 도시락을 사서 먹었다
연탄에 눌린 밥알을 젓가락으로 뜯어보니
도시락을 먹고 도망가며 뛰는

한 아이 보인다
찌그러진 귀퉁이에 새던
시큼한 김치 국물 묻은 옷자락도 보인다
눌어붙은 옛일, 누룽지 같은
구수한 회고록을 천천히 읽는다

누구나 기억이 배고플 때 있다
그때는 어김없이 등에서
딸그락딸그락 빈 양은 도시락 소리가 난다

큰 손

손이 크다는 소리를 종종 들었다

손바닥과 손등이 작은 손

아무리 봐도 큰 손이 아니지만

생각해 보면 이유들이란, 너무 일찍

곱절과 곱절의 숫자를 세었거나

이른 봄, 진달래를 손아귀가 아프도록

꺾었다거나 한 동이 물을 뭉쳐

물동이를 옮겨 담았다거나

추운 밤 솜이불 한 귀퉁이를 꽉 쥐고 놓지 않았다거나

그도 아니면

쉽게 날아가 버리는

너무 많은 다짐과 분노를

세게 쥐었던 것이 아닐까

예전엔 작은 손이었지만

작은 손 여럿이 그 손을 또 빠져나가고 나면

작았던 손들이란 소심으로 뭉텅해지고

손가락마다 반지들은 또 헐렁해졌다

손이 크다는 말

전전긍긍한 마음이 없다는,
씀씀이의 저울이 느슨해졌다는 말이다
아귀의 힘이 남아 있는데도
겨울이 되면 유독 손이 시린 것도
봄날의 궁금증이 여름을, 가을을 지나
빠져나가서가 아닐까
아직도 손이 크다는 것은
이리저리 기웃거리는 따뜻한 저녁을
대접할 만한 한낮의 여유를 품었다는 말
내겐 내가 모르는
여분의 손이 많기 때문일 것이다

청바지

열아홉 살 때
아끼고 아낀 용돈을 모아
중앙시장 좌판에서 구제 청바지 하나 사 들고 왔다
그날 저녁 별들이 두근두근 떠 있었다
차마 입지 못하고 장롱 속 깊이
감춰 두고 학교에 가면
내 뛰는 심장 속에 불안한 장롱 하나 들어 있었다
드르륵 열리는 강의실 문
엄마가 할머니가
내 방 장롱 문을 여는 듯했다

서양 냄새 풍기는 바지는
자전거와 코스모스와 기타와 막걸리 술잔을
주저 없이 받아 주었다
생이 질긴 바지는
비와 바람과 번개에도 얼굴빛은 변하지 않았다
청바지 입고 돌아가는 집 앞 골목길은 불안했다
결국 그 옷을 입고
옷도 사람도 야단을 맞았다

>
지금도 청바지 입고
걸어가는 여자애들의 뒷모습을 보면
두근두근 뛰는
엉덩이들이 보인다.

장막을 걷다

커튼을 뜯어내자
무단 점령하듯 들어오는 햇살
누군가 커튼을 아침의 치마폭이라 했지
실밥이 너덜해진 황금색 비단 커튼은
그 옛날 실크로드에서처럼
뜨거운 폭염을
펄럭거리지도 않고 받아 냈었지

여름의 가장 가까운 피난처였지
손 닿은 부분이 십이월 달력처럼 흐릿하고
아침과 저녁의 끝, 지평선 같았지
이제 오래된 빛과 바람 끝자락을
뜯기로 했다, 주름으로 뭉친
햇살의 땟자국도 버리기로 했다
커튼이 걷히자 저녁의 가족들이 창밖에 어른거린다
보이지 않던 것이 두려움 없이 곁에 앉는다
창 안과 창밖을 나누어 살듯
따스함은 높은 곳에서 낮은 곳으로 내려앉고
밝은 곳은 어두운 곳으로 되비춰진다

>
커튼을 치우자
낮고 어두운 곳으로 구석구석 들어오는
밝고 따뜻한 빛들이 낯설다
숨어 있는 먼지들이
그 미세한 촉들이 햇살을 향해
무럭무럭 자라고 있는 것이 보인다

보이차를 마시며

시간을 따라
옛 시간의 향기가 나는 차
그래서 옛 소꿉친구의 얼굴 같은 맛이 난다

오래된 차는
잎의 떫은맛을 지나
건초의 맛으로 변한다
그 떫은맛과 건초의 맛 사이에는
어떤 맛이 있었을까
그 속에는
고요가
차의 향기가
오랜 친구의 소원했던 그사이가 늙어 있다

찻잎에
뜨거운 물 붓고 한번 우려내 버리니
가장 가까운 옛 맛이 나온다
옛 맛을 한 모금 마신다
입속에 한 번도
느껴 보지 못한 찻잎의 말투

그 깊은 다독거림의 손바닥 같은 맛

우리는 오래 달여져서 만나고
후후 불어 가며 안부를 물었다
자칫 뜨거운 말들은
입이 데일까 조심했다

주전자 뚜껑이 끓는다
창밖 나무들이
붉은 잎들을 끓이는지
창문 틈으로 물 끓는 소리가 들어온다.

우산의 주파수

장마의 중간
우산을 펴 햇살의 주파수를 잡는다
그럴 때면 태양과의 거리가
이웃 벽 너머의 소곤거리는
그 소리만큼의 거리가 되고
쫑긋거리는 귀들이 마른다

떨어지는 빗방울을 이어받는 우산
사춘기 시절 숨은 속마음들을
또렷하게 잡아내는 우산의 주파수들
가끔 듣고 싶은 말의 손잡이를 잡고
버튼 눌러 활짝 편다
덩달아 꽃들도 버튼을 누르고 활짝 편다
펼치면 한 포기 민들레 같고
접어도 잠자는 민들레 같은 우산
낮아진 하늘 밑
개구리들 웅덩이 속으로 퐁당
물의 파장으로 펼쳐지고
눅눅한 대기권의 습기를 말리면서
쨍쨍한 햇살 귓속말을 잡는다

>

둥둥 떠다니는 섬
작은 거울 안에는 느낌마저 떠나간 이름들이
빗방울 얼굴로 얼룩진다.

망각 곡선

흐르는 물소리에도
급체를 하는 날이 잦다
문을 나서다 돌아서는 일
반쯤 문 안에 몸을 두고 성급히
문을 닫으려 하는 일 같은
반복하는 문의 곡선
빈 정수리에 검은 흑채 없고
불룩한 아랫배에 쫄쫄이 꽃무늬 바지를 입고
비워야 가볍다고
가까운 기억일수록 더 깜박깜박 잊고
자음과 모음을 비우고
숫자와 날짜를 잊어버리고
기억의 무게를 줄이는
나의 눈금들

언제부터였을까
소주가 입에 당기지 않을 때
신 자두에 손이 가지 않을 때
아이스크림이 차다고 느껴질 때
보폭들은 자꾸만 펭귄의 발바닥을 닮아가고

이마는 배짱으로 넓어졌다

구부린 목덜미가 발보다 빠르게 걷는 저녁
건너야 할 푸른 신호등 불빛
아, 저쪽이라는 곳
건너편이라는 곳
건너야 하는지,
건너지 말아야 하는지 망설일 때
현충원에서 여섯 살 때
길을 잃어버린 아이가 찾아왔다고
노란 신호등이 점멸하며 손짓한다.

불타는 글자들

밤이면
모닥불도 아닌데
낯 뜨거운 글자들
밤새워 아파트 베란다 문에서
막 헤어진 여인의 뒷모습을 비추는
따가운 못처럼
반짝이는 신의 거처들

원래 글자들은 물처럼 흘러야 명필名筆이라 했다

명필은 물기 가득한 풀꽃처럼 피고 흔들리고 유연했다 엄
마의 안부 편지에는 고향 집 뒤뜰 닭 울음과 담벼락에 걸쳐
앉은 빨간 감, 가을볕에 반겼던 노란 국화가 집안의 근황을
담고 있었다 굵고 마던 엄마의 필체는 굴뚝의 연기를 닮았
고 흰 옷고름처럼 단단히 여며 있다

검은 글자들이 언제부터
붉은색으로 밤을 가르치고 있다
배달 음식을 시키듯
좌판을 두드린다

복사되어 나오는 글자는 검은 잉크의 바탕체
잎이 없는 나뭇가지에서 떨어지는
판박이들의 문자들

그 옛날 나는 흔들리는 불빛 밑에서
어른거리는 글자를 익혔다
여름 나무들처럼
풀꽃처럼
불 끄면 캄캄해지던
그런 글자와 살았다
잠자는 문풍지에 비추는
초승달 옷고름의 흐느낌을 보면서

열 손가락

울산 김씨
김정자 할머니
장성 밀재를 밀고
내장산 갈재를 업고
기동댁이라는 이름으로 허리 구부린 나날들
붉은 고추 마르는 늦여름 밤에 삼베 짓고
붉은 봉숭아 꽃물
열 손가락마다 호롱불이 들었다
꽃물 같은 자식들 권 자 돌림 부를 때
터울 벌어진 형제들
손가락 깨물어 피 흘린 자식이 둘이 있었지만
손가락들은 서로를 알아볼 수 없다

쌀쌀한 늦가을부터
앙고라 털장갑 끼는 김정자 할머니
깨물어 안 아픈 손가락 있나
그 손가락들 시리지 말라고
흩어지지 말라고 벙어리장갑을 낀다
이른 새벽 정화수에
열 손가락 모으면

손톱마다 쪽달 밝았다
가끔 꿈자리 사나울 때마다
두 손 손가락들
두 주먹을 꼭 쥔다

붉은 꽃물 나간 곳에
열 손가락 속
정화수 맑은 우물도 마르고
하나에서 열까지 세는데
별 하나 우물에 진다

들키는 일

누군가 돌을 뒤집듯
손꼽아 온 날들의 겹겹을 뒤집고 있다면
들키는 일로 봄의 유원지 하나쯤
또는 농원 하나쯤 개장할 수 있지 않을까
햇살엔 온갖 방정식과 함수들과
무거운 것을 쉽게 들어 올릴 수 있는
기중기의 설계도가 있다
다양한 도구들의 탄생엔 분명
햇살의 발상들이 있었을 것이다

봄 햇살에 저의 속을 들키는 일들을 보러
관람객들 무질서와 또 혼잡들이
꽃나무 아래로 몰려들었다는 뉴스를 보며
구름 속 햇살을 꺼내어 숨겨 놓은 묵은 옷을 빤다
빨랫줄에 뒤집어 널려 있는 옷들이
반나절 햇살로 젖어 있는 습기를 말리지만
꽃들은 그 속을 말리는 데 며칠은 간다

햇살의 가장 빛나는 기술은
아주 얇고 가벼운 것들을 척척 부리는 일들이다

무게 없는 것을 들어 올리는 일과
얇은 것을 들추는 일은 햇살만이 할 수 있다
햇살만 있다면 몇 광년 밖
어느 캄캄한 별에서도
파릇한 중력이 돋을 수 있다

들키는 일로 다투는 것은
사람들뿐이다

둥글다는 기억

어떤 경우에도
둥글다는 기억을 잊어선 안 됩니다
자궁 속을 유영하면서 배운 속도로
우리는 모두 같은 시속을 따라
자라고 성숙되고 늙어 갑니다
작은 씨앗이 낯선 땅에서도 영글어 가듯
뛰는 사람과 걷는 사람과 기어가는 사람이
있다고 생각하지만 사실 마지막 종점을 향해
모두 둥글게 굴러가는 중입니다

둥근 공 하나로 그 넓은 운동장이
꽉 차는 것을 보고 있지 않습니까
둥근 말이 웃음으로 채워지고
때론 깨어지고 찌그러져서 눈물을
훌쩍거리기도 합니다
둥근 씨앗들과 열매들로
계절이 진행되고 있다는 것도
생물 시간에 이미 배웠지 않습니까
그러니 뾰쪽해지지도 마세요
날카로워지지도 말고

네모나게 무뚝뚝해지지도 마세요
세모나 네모나 오각형이나 팔각형도
둥근 원 중심을 잡고 돌아가니까요

둥근 문고리가 빈집을 지키고
둥근 감자가 배고픈 여름을 채우듯
모든 어머니들이 둥근 힘으로 낳은
아이들의 눈망울과 본심을 생각하세요
수壽와 부귀를 위해서 따온 이름 석 자
대부분의 이름에 동그라미가 들어 있고
둥글게 굴러서 결국엔
사라지는 중이니까요

삶의 심연을 울리는 언어의 온도

권경아(문학평론가)

1

　　김화연의 두 번째 시집 『단추들의 체온』은 감각적인 언어를 통해 사유의 전복을 시도하며 삶의 심연을 울리는 언어 감각의 탁월성을 보여 주고 있다. 첫 시집 『내일도 나하고 놀래』에서 보여 주었던 경험과 기억의 편린들이 생을 웅숭깊게 하였다면 이번 두 번째 시집에서는 이러한 깊어진 삶의 심연을 언어유희로 울리며 시적 사유의 전복을 시도한다. 이러한 시적 언어에 대한 천착은 과거를 지나 현재에 대한 깊은 사유를 통해 미래로 향하고 있음이 주목된다. "구급차 소리가 새벽을 깨"우고 "아픈 상처가 빗물에 고이면서" 울고 있지만 이렇듯 "젖은 생이 간절하다"(『시인의 말』)고 시인은 말한다. "젖은 생"이라도 현재의 생은 이렇듯 "간절하다". "생의 봄날"을 기다리는 시인의 소망은 감각적 언어를 통해 이 시집에 오롯이 담겨 있다. 삶의 깊은 심연을 울리는 시인의 언어가 따스한 봄날의 온기를 품고 있는 것은 이러한 이유이다.

2

『단추들의 체온』에 나타나는 언어의 감각성은 모든 위트의 기초가 되는 언어유희(verbal pun)와 관련이 있다. 『단추들의 체온』이 「꿈틀」이라는 시로 시작되고 있다는 것은 의미심장하다. 언어유희는 아리스토텔레스의 『수사학』에서 언급되기 시작하여 직관과 같이 높이 평가되기도 한다. 언어유희는 한 단어(상징)가 두 가지 이상의 의미(다의어)를 암시하거나, 똑같거나 거의 동일한 형태나 소리를 가진 두 개 이상의 단어(동음이의어)가 서로 다른 단어(상징)로 사용될 때 가능하다. 언어유희는 동음이의어(homophony)를 동의어(synonym)로 다루어 처리함으로써 그들 사이의 개념의 차이로 유머러스한 효과와 기발한 착상을 일으킨다. "꿈틀"은 오랜 견딤 끝에 "꿈의 틀"을 깨뜨리는 전복적 상상력으로 나타난다.

애벌레가 꿈틀할 때
잠의 매듭이 풀렸다
다시 묶인다

한 자세로 견딘 꿈이
다른 자세로 방향을 바꿀 때
날개가 돋아날 자리인 듯

등 뒤가 간지럽다

오동나무는 관榕인 듯
또는 관官인 듯 고요하기만 한데
가잠의 영혼이 마침
생각난 것이 있다는 듯 돌아눕는
꿈틀

꿈의 틀이다
내가 잠시 휘청할 때
바람이 나뭇잎의 앞뒤를 골고루 맛볼 때
멍하니 잠겼던 생각이
화들짝 제자리로 돌아올 때
정신 줄 놓은 엄마의 사경을 열 때
그때가 꿈틀,
지구가 돌아눕는 때이다

꿈이 꿈의 공간을 넓히는 일
사실, 온몸을 비틀어
꿈틀, 할 때이다
　　　　　　　　　　　　　—「꿈틀」 전문

　애벌레가 "꿈틀"하는 순간 모든 매듭이 풀린다. "생각난
것이 있다는 듯 돌아눕는" 애벌레의 "꿈틀"은 한 자세로 오
래 견딘 꿈이 비로소 기지개를 켜고 새롭게 시작하는 그 순
간이다. "꿈틀"은 오래 참고 참았던 웅크림이 꿈의 나래를

펴는 것과 같다. 바로 "꿈의 틀"인 것이다. "꿈의 틀"을 깨고 새로운 도약을 시도하는 것. 그것은 "꿈이 꿈의 공간을 넓히는 일". 오랜 견딤을 지나 꿈의 공간을 향해 "온몸을 비틀어/ 꿈틀, 할 때"라고 시인은 말한다. 이 시는 언어유희 효과를 통해 새로운 시작을 예고하고 있다. "꿈의 공간을 넓히는 일", "꿈틀"과 함께 시인의 시가 새로운 도약을 꿈꾸고 있는 것이다.

> 솜氏의 유래를 따진다면
> 손끝, 입 끝의 재간쯤 되겠다
>
> 기울어진 그늘을 바로 세운다거나 정갈한 햇빛을 모으고 물방울 소리를 내는 빗방울을 뚝딱 고쳐 내는 사람의 성씨일 것이다 또 우리 엄마 열 손가락 쓴맛 단맛 짠맛 구수한 맛이 골고루 배어 나오던 그런 손맛의 이름일 수도 있다
>
> 그렇지만 솜씨 중에 솜씨는
> 사람을 잇는 솜씨가 으뜸이다
>
> 저 먼 곳에 사는 사람을 가까운 곳으로 오게 하는 일처럼 아득한 세월을 끌고 와 푸른 시력과 시큼한 입맛을 그대로 옮겨 오는 솜씨, 햇살과 찬 이슬과 바람을 조리해 편백나무의 과녁을 맞히는 솜씨
>
> 오랫동안 숨겨 놓은 이불 속 씨앗을 겨울 흙무덤에서 꺼내기도 한다

계절을 잃은 씨앗 하나 꺼내어
맛깔나게 푸른 싹이 돋게 만드는 손끝
지나간 날과 앞으로 다가올 날을
아무렇지 않게 이어 놓은 사람

그런 사람이 진짜 솜氏다

　　　　　　　　　　　　—「솜氏」 전문

　이 시에서 "솜氏의 유래"를 "손끝, 입 끝의 재간쯤"이라
말한다. '솜씨'는 손으로 무엇을 만들거나 어떤 일을 하는
재주를 말하거나 일을 처리하는 수단이나 수완을 의미하니
"손끝, 입 끝의 재간쯤"이라는 표현이 적절해 보인다. 그러
나 이 시는 사람의 성씨인 "솜氏"를 그려 냄으로써 "기울어
진 그늘을 바로 세운다거나 정갈한 햇빛을 모으고 물방울
소리를 내는 빗방울을 뚝딱 고쳐 내는 사람의 성씨"일 것이
라 말한다. 또는 "쓴맛 단맛 짠맛 구수한 맛이 골고루 배어
나오던 그런 손맛의 이름"일 수도 있다고 말한다. 그러나
"솜씨 중에 솜씨", 으뜸인 솜씨는 바로 "사람을 잇는 솜씨"
이다. "저 먼 곳에 사는 사람을 가까운 곳으로 오게 하는
일", "지나간 날과 앞으로 다가올 날을/ 아무렇지 않게 이
어 놓은 사람". 사람과 사람을 이어 주고 지나간 시간과 앞
으로 다가올 시간까지도 이어 주는 사람. "그런 사람이 진
짜 솜氏", 진짜 솜씨 있는 사람이라는 것이다.

　한 사내가 술잔을 탁!

놓는다.
주위는 변방처럼 조용하다
탁자는 어떤 결심에 이르지 못한 고민이
젓가락과 두 짝으로 부르르 떤다
끓고 있는 찌개는 졸아들고
숟가락은 깨끗하다
술잔을 든 손이 잘게 떨릴 때마다
입술이 마중 나가지만
위태로운 술잔은 손을 뿌리칠 듯하다
두 평 남짓 술집 구석
비워진 술잔이 더 무겁다는 듯이
탁자 위에 단번에 내려놓는다

탁! 내려놓은 소리는
가장 무거운 소리를 낸다
빈 술잔이 가장 무겁다
술은 맑고 술잔은 연신 바닥을 드러낸다
바닥을 들이켜는 사내
취한 듯 머리카락이 얼굴을 덮는다

무거운 것을
다 내려놓았다는 듯이
한층 가벼워졌다는 듯이
사내의 몸이
한없이 흔들리면 문을 열고 나간다
끓고 있는 찌개는

꽃 피듯 보글거리고

남겨진 것들은 한없이 가볍다

—「탁」 전문

　이 시집에 드러나는 언어의 감각은 언어유희를 넘어 순
간을 포착하는 섬세한 언어 선택에 있다. 이 시에서는 허름
한 술집의 한구석에서 "어떤 결심에 이르지 못한 고민"을 하
고 있는 한 사내의 시간을 그려 내고 있다. 주위는 변방처럼
고요하고, 찌개는 끓어 졸아들고 있지만 사내는 떨리는 손
으로 술잔을 들고 있다. 미묘한 긴장감을 깨는 소리 "탁!".
"가장 무거운 소리". 사내는 "무거운 것을/ 다 내려놓았다
는 듯이/ 한층 가벼워졌다는 듯이" 문을 열고 나간다. 사내
는 무거운 것을 다 내려놓았을까. 고민을 끝내고 어떤 결심
에 이르렀을까. "탁!"과 함께 사내의 결심은 시작되었을까.
이 시에서 "탁"이라는 소리는 지나온 것과의 결별이며 새로
운 변화의 시작이라 할 수 있다.
　이 시집은 오랜 견딤을 지나 온 몸을 비틀어 "꿈틀" 새로
운 변화를 시도한다. 삶을 향한 시인의 시선은 무거운 것들
을 다 내려놓은 소리 "탁"과 함께 따스한 체온을 향하고 있
는 것이다.

3

　김화연의 감각적 언어는 사람들 사이를 맴돌며 '함께 살

아가기'라는 공존의 시학을 그려 내고 있다. 함께 어울려 살아가는 인간의 삶 속에서 진정성을 발견하고 있는 것이다. 삶은 "근심 한 방울 매달린/ 눈썹 같은,/ 먼 궁금증을 끌어당기는 나직한 말"로 다가온다. "글쎄,/ 머뭇거리며" 바라보는. "망설임" 같은. "흐린 날씨에 내걸린 빨래들 같은/ 이러지도 저러지도 못하는 일들"(『글쎄』)이 가득한 것이다. 그러나 "아픈 상처가 빗물에 고"인 "젖은 생"이라도 "간절하다"(『시인의 말』)고 시인은 말하고 있다.

찬물에 손 담그고
그 언 손에 입김을 불며 사는 일
그 정도만 돼도 살 만하지
꽁꽁 언 시냇물 속 물고기들의
돌 밑의 잠을 떠올려 보지
아무리 시린 손이더라도
그 두 손으로 호들갑 떨면 되지
한 발 더 빨리 뛰고
한 손 먼저 움켜쥐고
발도 손도 호들갑 떨다 보면
아무리 추운 날도 견딜 만하지
새들이 왜 나뭇가지에서 부산스러운지
풀들이 왜 이리저리 바람을 피하고
또 피하는지
찬물에 손 담아 보면 알게 되지
꽉 막혔다고 생각되는
실개울 얼음 밑으로 졸졸 흐르는 물

먼 흩날림의 뒤끝을
빈 나뭇가지 위에서 녹이는 눈송이
그곳은 봄이 시작되는 곳

찬물에 손 담그는 일
얼굴 한 번 찡그리면
참고 견딜 만한 일이지

— 「찬물에 손 담기」 전문

    삶은 "찬물에 손 담그고/ 그 언 손에 입김을 불며 사는 일"이다. "그 정도만 돼도 살 만하"다고 시인은 말한다. "한 발 더 빨리 뛰고/ 한 손 먼저 움켜쥐고" 그렇게 더 열심히, 그렇게 사람의 손 먼저 움켜쥔다면 아무리 추운 날도 견딜 만한 것이다. 꽉 막혔다고 생각되는 실개울의 얼음 밑으로도 물은 졸졸 흐르고 있다. "먼 흩날림의 뒤끝을/ 빈 나뭇가지 위에서 녹이는 눈송이"가 있다. "그곳은 봄이 시작되는 곳"이기에 "찬물에 손 담그는 일"쯤은 "얼굴 한 번 찡그리면/ 참고 견딜 만한 일"인 것이다. 차가운 얼음물에 손을 담그면서도 견딜 수 있는 것은 다가올 봄을 믿기 때문이다. 봄이 시작되면 따스한 온기가 스며들 것이다. 따스한 체온, 바로 단추들이 기다리는 사람의 온기이다.

계절은 옷을 따라 돈다
입춘으로 가는 달력의 숫자
손은 봄옷으로 이동한다

입지 않은 옷을 꺼내면
풀어져 있는 단추들이 내 몸을 끌어당긴다
접힌 자국마다 꽃물이 엎질러져 있거나
쌀쌀한 바람이 주름으로 있다
지난 봄꽃 물들은 얼룩이 옷의 살점이다
목 밑에서 허리 근처까지
단추들의 온도계에는 수은주 눈금이 있어
오늘의 날씨에 오르락내리락한다

미세먼지 묻은 옷을 빨아
빨랫줄에 걸어 놓으면
풀린 단추 사이로 물이 뚝뚝 떨어진다
옷의 살점 허물을 벗고 있다
말라 가는 단추들의 체온
햇볕으로 달여진 옷은 몸의 체온을 기다린다
오래 입은 옷에서
실뿌리 같은 실밥을 끊고 툭 떨어지는 단추
씨앗이 되고 싶다는 외침의 소리
흔들이 단추는 매무새에서 일탈하고
똑딱이 단추는 짝을 찾아서 헤맨다
아침을 닫고 저녁을 푸는 단추들의 역설법

편하게 내어 준 단추는 고집이 없다
거꾸로 매달아도 옷감을 끌어당기지 않는 단추
사계절이 맨 앞에서 달리는 단추들
단추의 매무새에는

급행열차의 두 번째 칸의 무심한 이야기가 있고
이별의 전조 속 뚝뚝 흘리는 눈물이 있다
　　　　　　　　　　　　　　　―「단추들의 체온」 전문

　겨울을 지나며 입지 않았던 봄옷을 꺼내 본다. 지난 봄꽃
의 "얼룩이 옷의 살점"으로 남아 있고 "풀어져 있는 단추들
이 내 몸을 끌어당긴다". 단추들의 온도는 "오늘의 날씨에
오르락내리락한다". 지난 먼지 묻은 옷을 빨아 빨랫줄에 걸
어 놓으면 풀린 단추 사이로 물이 뚝뚝 떨어지고 "말라 가
는 단추들의 체온/ 햇볕으로 달여진 옷은 몸의 체온을 기다
린다". 오래된 옷에서 "실뿌리 같은 실밥을 끊고 툭 떨어지
는 단추". 단추는 고집이 없다. 거꾸로 매달아도 옷감을 끌
어당기지도 않고, 사계절 맨 앞에 달려 있으면서도 "급행열
차의 두 번째 칸의 무심한 이야기"가 있을 뿐. "이별의 전조
속 뚝뚝 흘리는 눈물"이 있는 "단추의 매무새". "단추들의
체온"은 "오늘의 날씨에 오르락내리락"할 뿐. 단추들을 따
뜻하게 해 주는 것은 사람의 체온이다. 함께함으로써 서로
에게 온기 되는, 옷으로 인해 "몸의 체온"이 높아지듯 "몸의
체온"으로 단추들 또한 따스해지는, 이렇게 서로에게 온기
가 되는 관계. 함께 살아간다는 것이다.

　　마음을 섞고 그것을
　　배려라고 말한다
　　섞이지 않으면 이 맛 저 맛도 안 나는
　　식탁 위의 음식들

그날의 기분에 따라 손끝으로 넣는
조미료는 혀의 미각을 속인다
한 알의 열매 속에도
꽃 진 자리부터 늦가을까지
온갖 날씨와 별자리들과
벌레 울음이 섞여 있다
빗줄기에 키가 크고 햇볕에 살이 오르고
달력의 숫자 속에서
풀벌레들은 섞인다

본래의 맛을 지키는 것
섞이고 섞여 입맛이 되는 것이다

말을 섞고 의견을 섞고
우리는 우리를 섞는다
가난과 부자, 긍정과 부정, 질서와 무질서
섞이지 않았지만 섞여 있는 사람들
날아다니는 꽃가루에 공중은
십 리의 바람을 섞어 준다
스크롤 블루처럼
돌의 모난 돌을 섞어 쌓은 돌담처럼
길게 견딜 수 있는 건
섞여 있는 힘인 것이다

—「섞는다」 전문

함께 살아가는 공존의 이야기는 이 시에서 "섞는다"로 그

려지고 있다. 마음을 섞는 것, 그것은 배려이다. 함께 어우러져야 비로소 완성되는 "식탁 위의 음식들"처럼 함께 섞여야 제맛이 나는 것이다. "한 알의 열매 속에도/ 꽃 진 자리부터 늦가을까지/ 온갖 날씨와 별자리들과/ 벌레 울음이 섞여" 있듯이, "빗줄기에 키가 크고 햇볕에 살이 오르고/ 달력의 숫자 속에서/ 풀벌레들은 섞"여 있듯이 "섞이고 섞여 입맛"이 된다. "말을 섞고 의견을 섞고/ 우리는 우리를 섞"으며 비로소 '우리'가 되는 것이다. "가난과 부자, 긍정과 부정, 질서와 무질서"는 섞이지 않고 있지만 "섞여 있는 사람들"이 있기에 희망이 있다. "모난 돌을 섞어 쌓은 돌담처럼/ 길게 견딜 수 있는" 것은 바로 함께하는 힘, "섞여 있는 힘"인 것이다.

무렵이라는 말 좋지
마지못해 기울어진 즈음,
자칫 잘못하면 미끄러지거나 빨려 들어가기 쉽지
모든 것을 두고 온 곳이거나
모든 것을 가져다 놓을 수 있는 곳
시소처럼 무거운 것은 뜨고
가벼운 것은 내려앉는 그런 무렵

꽃들이 무더기로 피어도 좋고
붉게 하교하던 노을이나
제철 꽃들의 기억을
모두가 나누어 갖고 있는 그 무렵들

하루에도 몇 번 있고
한 달에도, 몇십 번 있는
움직이는 무렵

아득한 핑계들을 모아도 좋은
그립다고 말해도 좋고
지긋지긋하다고 진저리를 치기도 좋은
해 질 녘 만나면
추적추적 내리는 홑겹의 비를 덮고 낮잠을 자도 좋은
그런 저런 무렵들

어디까지 가는 스산함일까
가을 들녘을 아지랑이처럼 걸어와
흰 머리카락을 벗기다 갈
이런저런 소문으로 마무리되는 무렵들

비스듬한 날씨나 특별한 날짜가 아니더라도
기억나지 않는 날짜들의 근처이거나
여행하는 날짜들의 근처에 있는
그리운 무렵들
                                            ―「무렵」 전문

　'함께 살아가기'라는 공존의 시학을 상징적으로 그려 내
는 언어가 또한 "무렵"이다. "무렵"은 "마지못해 기울어진
즈음"이며 "자칫 잘못하면 미끄러지거나 빨려 들어가기" 쉬
우며 "모든 것을 두고 온 곳이거나/ 모든 것을 가져다 놓을

수 있는 곳"이기도 하다. "시소처럼 무거운 것은 뜨고/ 가벼운 것은 내려앉는 그런 무렵"은 명확한 경계가 없다. 대략 그 즈음인 "무렵"은 주위의 모든 것을 끌어안아 '함께'하는 공존이라 할 수 있다. "아득한 핑계들"도 좋고, "그립다고 말해도" 좋은, 혹은 "지긋지긋하다고 진저리를 치기도" 좋은. "무렵"은 "해 질 녘"의 만남인 것이다. 해 질 녘은 빛과 어둠의 경계가 모호해지는 시간, 빛과 어둠이 공존하는 시간이다. 이러한 해 질 녘에 만나면 그 어느 것이라도 좋다. "비스듬한 날씨나 특별한 날짜가 아니더라도" 좋다. "기억 나지 않는 날짜들의 근처이거나/ 여행하는 날짜들의 근처에 있는" 모든 "무렵들". 특별한 그날의 근처에 있는 모든 날들. 그 무렵의 날들이 모두 특별한 그날의 기쁨과 설렘이 된다. 함께하는 공존의 미학, "무렵"이다.

김화연의 『단추들의 체온』은 섬세한 언어의 감각성으로 삶의 심연을 울리고 있다. 따뜻한 봄날의 온도로 "젖은 생"을 말리며 살아가는 생의 긍정을 공존의 시학으로 그리고 있는 것이다. "뛰는 사람과 걷는 사람과 기어가는 사람"이 있다고 생각하지만 우리는 사실 "모두 둥글게 굴러가는 중"이다. "같은 시속을 따라/ 자라고 성숙되고 늙어 가"(「둥글다는 기억」)는 것. 그렇게 우리는 모두 함께 굴러가며 살아가고 있다. 이것이 우리들의 "체온"이며 곧 삶의 온도, 김화연이 그려 내고 있는 시적 언어의 온도이다.